DÉMOPHON,

OPÉRA LYRIQUE

EN TROIS ACTES,

REPRÉSENTÉ

POUR LA PREMIERE FOIS,

PAR L'ACADÉMIE-ROYALE

DE MUSIQUE,

Le Mardi 15 Septembre 1789.

PRIX XXX SOLS.

A PARIS,

De l'Imprimerie de P. DE LORMEL, Imprimeur de ladite Académie,
rue du Foin Saint-Jacques, à l'Image Sainte Geneviève.

On trouvera des Exemplaires à la Salle de l'Opéra.

M. DCC. LXXXIX.

AVEC APPROBATION ET PRIVILEGE DU ROI.

Les Paroles sont de M. DERIAUX.

Musique de VOGEL.

ACTEURS ET ACTRICES
CHANTANS DANS LES CHŒURS.

CÔTÉ DE LA REINE.		CÔTÉ DU ROI.	
Mesdemoiselles.	*Messieurs.*	*Mesdemoiselles.*	*Messieurs.*
Emil. Gavaudan.	Martin.	Courneuve.	Rey.
Leclerc.	Legrand.	Manthe.	Le Coq.
Dubuisson.	Poussez.	Launer.	Chapelot.
Rouxelin.	Duplessier.	Macker.	Westminster.
Garrus.	Touvoys.	Beaumont.	
Sanctus.	Pingat.	Davide.	
Delaigle.	Delboy.	Desmarais.	Tacusset.
Gouémelle.	Cavallier.	Marinville.	Le Roux, 1.
Ballassé.	Moulin.	Clozet.	de Lori.
Vadée.	Jouve.	Méziere.	Bouvard.
Gambais.	Duchamp.	Duchesne.	Joinville.
	Débeirk.		Rouen.
	Bourbier.		Chévrier.
	Ramey.		Le Roux 3e.

ACTEURS.

DÉMOPHON, *Roi de Thrace*,	M. Adrien.
TIMANTE, *Fils de Démophon, marié secrete-ment à DIRCÉE*,	M. l'Aîné.
DIRCÉE,	Mlle. Rousellois.
NARBAL,	M. Laïs.
ADRASTE,	M. Châteaufort.
UN CORIPHÉE,	M. le Roux, c.
LE GRAND PRÊTRE,	M. Dufresne.
DIANE,	Mlle. Burette.
UNE CORIPHÉE,	Mlle. Mullot.

PRÉTRES, GUERRIERS ET PEUPLE THRACE.

PERSONNAGES DANSANTS.

ACTE SECOND.

PRÉTRESSES.

Mlles. Simon, Puifieux, Efther, Vanloo, Barbier, Gabrielle, Droma, Chenneval.

GUERRIERS THRACES.

Du parti de Demophon.

M^rs. RICHARD, BOYER.

Du parti de Timante.

M^rs. HONORÉ, MARCELLIN.

ACTE TROISIEME.

Premier Divertiſſement.

BERGERS GRECS.

M. LABORIE, Mlle. LAURE.

M^rs. Delahaye, Guillet, Béguin, Largiere, Blanche, Bozon, Colbert, Joly.

Mlles. Jacotot, Denife, Beaujon, Rafilly, Nanine, Trillau, Laborie. Gaſpard.

Dernier Divertissement.

PEUPLE THRACE.

M. GARDEL. Mlle. SAULNIER.

M. VESTRIS. Mlle. ELISBERG.

M^rs. Simonet, Milon, le Bel, Poinon, Lhuillier, Cantagrelle, Deschamps, Auguste.
Mlles. Bigotini, Courtois, Grenier, Prudhomm
Langlois, Bourgouin, Camille, Ebling.

BERGERS GRECS.

Mlle. R O S E.

M. NIVELON, Mlle. MILLER.

Les seize Figurans du premier Divertissement

DÉMOPHON,
TRAGÉDIE-LYRIQUE.

ACTE PREMIER.

Le Théâtre représente une Place publique, avec des arcades & des colonnes.

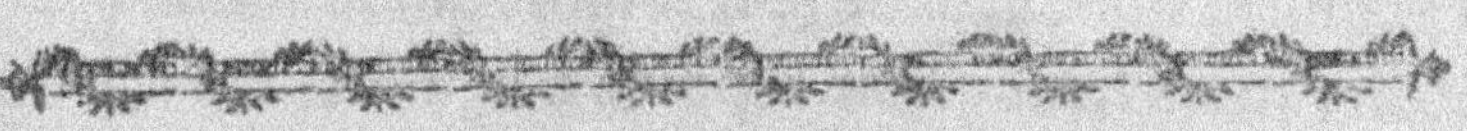

SCENE PREMIERE.
NARBAL, DIRCÉE.
DIRCÉE.

O MON pere ! craignez de vous perdre avec moi,
Et ne résistez pas aux volontés du Roi.

NARBAL.

Que ses décrets soient donc réglés par la justice.
Voici le jour marqué pour l'affreux sacrifice
Que la Thrace, avec pompe, ordonne tous les ans;
    Où, malgré nos gémissemens,
Le ciel veut qu'une vierge, au trépas condamnée,
Soit de fleurs, par nos mains, tristement couronnée,
Et servant de spectacle à nos peuples cruels,
Arrose de son sang le marbre des autels.

DIRCÉE.

Oui, mon pere; & le sort va nommer la victime.
Le peuple marche au temple; & déja Démophon,
Dans l'urne redoutable a fait placer mon nom.

NARBAL.

Comment donc retenir le transport qui m'anime?
Non, tu ne seras point exposée à la mort
    Prête à fondre sur nos familles,
Ou le tyran lui-même, aux caprices du sort,
    Asservira ses filles.

DIRCÉE.

Redoutez la fureur de ses emportemens.

NARBAL.

Le barbare! il faut voir quels sont ses sentimens.

Air.

AIR.

N'ai-je pas, comme lui, des entrailles de pere ?
Croit-il que sur le trône assis dans son palais,
Il doive contempler la publique misere,
　　　Sans l'éprouver jamais ?

Non, non ; de ma frayeur il faut qu'il m'affranchisse ;
Ou que, sans distinguer mon sang d'avec le sien,
　　　Aux approches du sacrifice,
　　　Son cœur frémisse
　　　Comme le mien.

SCENE II.

DIRCÉE.

Est-il vrai que des Dieux auteurs de nos miséres
Font du haut de l'Olympe éclater leur courroux ?
　　　Ou ne font-ce pas des chimères
　　　Qui regnent parmi nous ?
A quels maux cependant ces erreurs nous exposent !
Les temples sont ouverts, des flots de sang arrosent
　　　Les simulacres odieux,
Et l'homme égorgeant l'homme en fait hommage
　　　aux Dieux !

B

Pour éviter l'horreur de cette deſtinée,
    Dois-je annoncer que l'hymenée
M'unit ſecrétement avec le fils du Roi ?
Mais quel autre malheur viendra fondre ſur moi !
    Une loi rigoureuſe ordonne
    De livrer au glaive fatal
Celle qui, n'étant pas héritiere d'un trône,
    S'allie au ſang royal.

A I R.

Age d'or, ô bel âge où régnoit l'innocence,
Quand l'honneur n'étoit point le tyran des mortels,
    Quand cette idole qu'on encenſe,
    N'avoit pas ſes autels !

Combien, depuis ces tems, l'orgueil des diadêmes,
    Le poids du faſte & des grandeurs
    Ont fait verſer de pleurs !
    Hélas ! nous nous forgeons nous-mêmes
    Notre eſclavage et nos malheurs.

SCENE III.

DIRCÉE, TIMANTE, Guerriers
de la suite de Timante.

DIRCÉE, (à part).

Que vois-je ? quel guerrier devant moi se présente ?
N'est-ce pas mon époux ? Ah, c'est lui ! c'est Timante !

(*A Timante*).

Quelle Divinité vous ramene en ces lieux !

TIMANTE.

La paix qui couronnant nos exploits glorieux,
Enchaîne la Dicorde, et me rend à vos charmes.
Mais quel malheur vous force à répandre des larmes ?

DIRCÉE.

Vous me le demandez ! quoi, vos yeux n'ont pas vu
Ce lugubre appareil au temple suspendu,
Cette pompe qui veut que tout pleure & gémisse ?
        Voici le jour du sacrifice,
            Et le glaive sacré
Peut-être pour ma mort est déja préparé.

TIMANTE.

Qu'entends-je ? quel fléau menace votre tête ?

DIRCÉE.

Je ne sais pas encor ce que le ciel m'apprête ;
Mais on veut que du sort je subisse la loi,
Et les Dieux, les tyrans, tout s'arme contre moi.

CHŒUR.

O fanatisme affreux, voilà donc ton ouvrage !
C'est le sang des humains qu'il faut aux immortels.
    Que plutôt la flamme ravage
    Et les temples et les autels.

TIMANTE, *à Dircée.*

Vous ne devez pas craindre une injuste puissance,
Et tous nos bras armés prendront votre défense ;
Mais sait-on quand le ciel, lassé de ces horreurs,
A résolu de mettre un terme à nos malheurs ?

DIRCÉE.

L'Oracle consulté, trois fois s'est fait entendre ;
Mais au sens de l'Oracle, on ne peut rien comprendre.

TIMANTE.

Quoi ? qu'a-t-il répondu ?

DIRCÉE.

    N'osez rien espérer,
Si Diane à vos yeux ne daigne se montrer,

Si l'héritier d'une couronne,
Ne sçait qu'innocemment il usurpoit le trône.

TIMANTE.

S'il est quelque forfait qui ne soit pas vengé,
Faut-il que tout un peuple en demeure affligé ?

CHŒUR.

Que les Dieux punissent le crime,
Si le crime offense les Dieux ;
Mais de la vertu qu'on opprime,
Jurons d'être à jamais le soutien glorieux.

SCENE IV.

TIMANTE, DIRCÉE.

TIMANTE.

OBÉISSEZ sans crainte aux loix qu'on vous impose,
Et que sur nos sermens votre ame se repose.
Si le sort vous trahit, soudain nos bras vengeurs
Iront porter la mort à vos persécuteurs.
Mais que fait notre fils Olinte,
Ce gage heureux de notre amour ?

DIRCÉE.

Je l'élève avec crainte,
Loin des yeux de la Cour.

A I R.

O que sa préfence m'eft chere !
Il eft, ce jeune enfant, l'image de fon pere ;
Et de fes petits bras s'il vient me careffer,
Je crois, en le voyant, te voir & t'embraffer.

TIMANTE.

Idole de mon cœur ! cher objet que j'adore !

DIRCÉE.

Craignons d'être entendus. Il n'eft pas tems encore
De prononcer un nom fi doux.

ENSEMBLE.

Quel deftin rigoureux pour de tendres époux !

TIMANTE.

Notre hymen dans la Thrace eft encore un myftere

DIRCÉE.

Je n'ai pas ofé même en informer mon pere.

ENSEMBLE.

Trembler pour des liens fi facrés & fi doux !
Quel deftin rigoureux pour de tendres époux !

TIMANTE.

Reprends un front serein, & calme ta tristesse.
Il viendra ce jour enchanteur...

DIRCÉE.

Ah! dans tes bras toute ma crainte cesse,
Et je ne sens que mon bonheur.

DUO.

TIMANTE.

Goûtons toujours, goûtons d'avance
Les biens les plus flatteurs.

DIRCÉE.

Quand le charme de l'espérance
Ne présenteroit à nos cœurs
Que des appas trompeurs,

ENSEMBLE.

Goûtons toujours, goûtons d'avance
Les biens les plus flatteurs.

DIRCÉE.

Pourquoi d'une plainte importune
Fatiguer vainement les airs?

TIMANTE.

Un coup heureux de la fortune
Dissipera tous nos revers.

ENSEMBLE.

Goûtons toujours, &c.

SCENE V.

NARBAL, TIMANTE, DIRCÉE.

NARBAL, à Dircée.

QUE fais-tu dans ce lieu funeste ?
Viens, fuyons en d'autres climats.

DIRCÉE.

Qu'entends-je !

TIMANTE.

Le courroux céleste
A-t-il ordonné son trépas ?

NARBAL.

Son nom n'est point sorti de l'urne formidable,
Non, Seigneur. Mais du Roi la colere implacable,
Sans attendre l'arrêt du sort,
La condamne à la mort.

DIRCÉE.

DIRCÉE.

Ah, que m'annoncez-vous!

TIMANTE.

Quel crime, quel outrage
A pu porter mon pere à cet excès de rage?

NARBAL.

Les apprêrs de ce jour m'avoient rempli d'effroi,
Et je m'étois rendu dans le palais du Roi.
Je voulois pour ma fille implorer sa clémence;
Mais il n'a vu mes pleurs qu'avec indifférence.
Ce refus m'a peut-être emporté trop avant,
Et j'ai fait éclater tout son ressentiment.

AIR.

(*A Dircée*).

Viens; ne balançons plus; & laisse-toi conduire
        Au sein des plus sombres forêts,
Sous les rochers déserts, en des lieux où jamais
        Un rayon du jour n'osa luire.
Puissé-je des lions, des tigres dévorans,
        Devenir la pâture,
Plutôt que d'étouffer, en faveur des tyrans,
        Le cri de la nature!

TIMANTE.

Modérez cet éclat de vos vives douleurs.
Je saurai de mon pere appaiser les fureurs.

C

SCENE VI.

TIMANTE, NARBAL, DIRCÉE,
ADRASTE, GARDES.

ADRASTE, *aux Gardes.*

LA voilà. Rempliſſons l'ordre qui nous amène.
(*Les Gardes entourent Dircée, & l'enchaînent*).

NARBAL.

Ciel, ô ciel !

DIRCÉE.

C'en eſt fait de moi.

TIMANTE, *à Adraſte.*

Quelle eſt cette rigueur, & d'où vient qu'on l'enchaîne ?

Qui l'ordonne ?

ADRASTE.

Le Roi.

DIRCÉE.

Ne m'abandonnez pas, Seigneur ; & vous, mon pere
Venez à mon ſecours.

(*Timante & Narbal mettent l'épée à la main, pou*
attaquer les Gardes).

ADRASTE levant le poignard ſur Dircée.

Si vous vous avancez, c'en eſt fait de ſes jours.

TIMANTE & NARBAL s'arrêtant.

Ah, barbare !

ADRASTE tenant le poignard levé sur Dircée.

Du Roi tel est l'ordre sévère.

CHŒUR des Gardes.

Si vous vous avancez, c'en est fait de ses jours.

TIMANTE, NARBAL,

Hélas ! pour quel crime

La rend-on victime

Du courroux des Dieux ?

DIRCÉE.

Qu'ai-je fait qui mérite un sort si rigoureux ?

DIRCÉE.	*TIMANTE, NARBAL.*
Hélas ! pour quel crime	Hélas ! pour quel crime
Me rend-on victime	La rend-on victime
Du courroux des Dieux ?	Du courroux des Dieux ?

(*Les Gardes emmenent Dircée*).

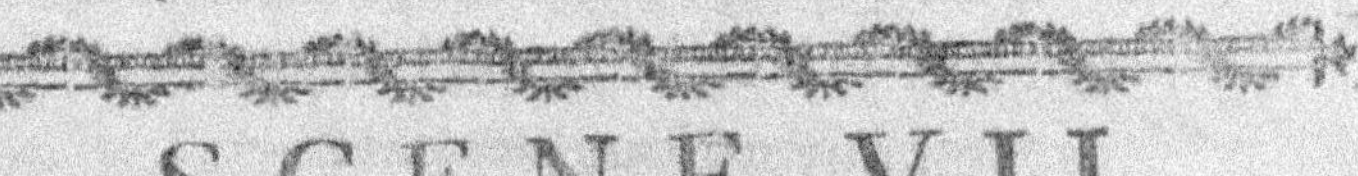

SCENE VII.

TIMANTE, NARBAL.

NARBAL.

QUE faire ? que résoudre en de telles disgraces ?

TIMANTE.

Ne perdons point le tems, & volez sur leurs traces.

Observez tous leurs pas ; tandis que par mes pleurs,
J'irai de Démophon défarmer les fureurs.

NARBAL.

De fa férocité que pouvons-nous attendre ?

TIMANTE.

Allez ; & nous verrons le parti qu'on doit prendre,
Si les larmes d'un fils ne font d'aucun fecours ;
Si le Roi fe montre toujours
Inflexible dans fa colere.

NARBAL.

O Prince vertueux digne d'un autre pere !

(Il l'embraffe & fort).

TIMANTE, feul.
AIR.

Quelle fatalité, dans ces triftes climats,
Fait triompher le crime ?
Où fuis-je ? ciel ! & quel abyme
S'eft ouvert fous mes pas ?

Si je vois périr ce que j'aime,
L'éclat du jour me fait horreur ;
Je deviens à moi-même
Un objet de terreur.

Fin du premier Acte.

ACTE SECOND.

Le théâtre représente le vestibule du Temple de Mars.

SCENE PREMIERE.

TIMANTE, NARBAL.

TIMANTE

Les prieres, les pleurs, les cris sont superflus ;
Le Roi, par mes discours, s'aigrit de plus en plus,
Et loin de l'appaiser, mon désespoir l'irrite.
Fuyons ; nous n'avons plus d'autre espoir que la
   fuite.

NARBAL.

Quels climats si lointains irons nous habiter ?

TIMANTE.

Allez. De mes desseins on saura vous instruire.

Sur les bords du rivage allez faire apprêter
Le vaisseau qui doit nous conduire ;
Et dérobant Dircée à ses Gardes cruels,
J'irai la déposer dans vos bras paternels.

NARBAL.

AIR.

Est-ce un Dieu qui met dans votre ame
Un sentiment si généreux ?
Oui , la pitié qui vous enflâme
Est un présent des cieux.

L'exemple d'un pere barbare
Ne peut exciter dans un cœur
Une vertu si rare ,
Une si noble ardeur.

(*Il sort*).

SCENE II.

TIMANTE, *seul*.

QUE de biens & d'honneurs faut-il que j'aban-
donne !
Mais ce palais pompeux, cette auguste couronne

Et tous les dons brillans qui vont m'être ravis
Sont moins chers à mes yeux qu'une épouse & qu'un
    fils.

Air.

  Doux sentiment de la nature,
  Quel plaisir égale les tiens ?
  Jamais la fraude & l'imposture
   N'a formé tes liens.

  Nos loix, nos préjugés, nos vices
  Ne font pas germer tes douceurs.
  Tu viens de toi-même à nos cœurs
   Prodiguer tes délices.

SCENE III.

TIMANTE, DIRCÉE *vêtue de blanc & cou-*
ronnée de fleurs, ADRASTE, Gardes,
Prêtres, Prêtresses, Peuple.

Chœur derriere le théâtre.

O REDOUTABLE Mars ! daigne exaucer nos vœux,
Et retires nos pas de cet abîme affreux.

TIMANTE, seul.

Qui frappe ainsi les airs de sinistres cantiques ?
Tout le peuple à grand flots inonde ces portiques,

CHŒUR, derriere le théâtre.

Quand la guerre fur nous agitoit fes flambeaux,
N'as-tu pas affez vu de fang & de tombeaux ?

TIMANTE.

Que ces horribles fons redoublent mes alarmes !

CHŒUR entrant fur la fcene.

Dieu terrible ! veux-tu voir encor dans la paix,
Les mortels fans défenfe expirer fous tes traits ?

TIMANTE.

Ciel ! Dircée au milieu des Prêtres & des armes !
Malheureufe, où vas tu ?

DIRCÉE.

Recevoir le trépas,
On avance pour moi l'heure du facrifice.

TIMANTE mettant l'épée à la main.

Ah ! fi tu perds le jour, il faut que je périffe.

DIRCÉE l'arrêtant.

Seigneur !...

TIMANTE.

Je ne fouffrirai pas
Cette horrible injuftice.

DIRCÉ

DIRCÉE à Timante.

Arrêtez.

TIMANTE.

Laisse- moi.

DIRCÉE l'arrêtant.

Que peut votre valeur ?

TIMANTE.

Et c'est toi qui retiens mon bras & ma fureur ?

AIR.

Eh bien ! suis à l'autel ce peuple fanguinaire ;
Va, pars. Tous mes Guerriers y feront avant toi ;
Et j'y ferai trembler & les Dieux, & mon pere,
S'il se préfente à moi.

Que de fang va couler fous les débris du temple
Embrâfé par mes mains !
Égaré, furieux, & barbare, à l'exemple
De ces Dieux inhumains,
Que de fang va couler fous les débris du temple
Embrâfé par mes mains !

D

SCÈNE IV.

DIRCÉE, ADRASTE, GARDES,
PRÊTRES, PEUPLE.

DIRCÉE.

CHER Prince !... Mais il fuit, & ne sauroit m'entendre.

ADRASTE.

Qui peut à vos douleurs l'intéresser si fort ?
Quel sentiment, pour vous défendre,
Lui fait braver la mort ?

DIRCÉE.

AIR.

Hélas ! si je pouvois vous dire
Quel est l'excès de mes malheurs,
Vous partageriez mon martyre,
Et vos yeux verseroient des pleurs.

Hé, qui pourroit être insensible
A des supplices si nouveaux ?
La mort, dans ce moment terrible,
Est le moins cruel de mes maux.

SCENE V.

CHŒUR du Peuple.

UN HOMME seul.

QUEL est donc le pouvoir qui gouverne les
       hommes,
Et quel est notre sort sur la terre où nous sommes ?

CHŒUR.

Phantômes passagers, sortis pour un instant
       Des gouffres du néant,
Quels glaives sont encor suspendus sur nos têtes !
Et quand peut-on se dire à l'abri des tempêtes ?

UNE FEMME seule.

Voyez cette beauté dont l'aspect gracieux
       Attiroit tous les yeux,
Qui faisoit envier son bonheur & ses charmes,
Soudain ne présenter qu'un triste objet de larmes ;
Pour le bandeau mortel détacher ses atours,
Et mourir innocente au printems de ses jours.

CHŒUR.

Et mourir innocente au printemps de ses jours.

UNE FEMME seule.

Plus on quitte en mourant, de biens, de jouissances,
Plus le coup qui nous perd est sensible à nos cœurs;
Mais la mort qui détruit toutes nos espérances
   Détruit aussi tous nos malheurs.

C H Œ U R.

Mais la mort qui détruit toutes nos espérances
   Détruit aussi tous nos malheurs.

SCÈNE VI.

*Le théâtre change & représente l'intérieur du temple,
dont la partie du fond paroît tout en flammes,
pendant le combat qui se livre entre les Guerriers
de Timante & les Gardes du Roi. Au milieu est
la statue colossale du Dieu Mars, placée sur un
autel de marbre blanc.*

*Timante poursuivant quelques Gardes, disparoît
dans les coulisses.*

DIRCÉE, TIMANTE.

DIRCÉE seule, sur les marches du temple.

Ciel ! veille sur ses jours ! Timante ! cher
Timante !…

Ah ! je frémis encor d'horreur & d'épouvante.

TIMANTE revenant l'épée à la main.

Suis moi. J'ai dissipé tes nombreux ennemis.

DIRCÉE.

Et mon fils ! Allons nous abandonner mon fils ?

TIMANTE.

Le tems presse. Sortons de ce terrible asyle ;
Et quand je n'aurai plus à craindre pour tes jours,
Mes bras t'apporteront ce fruit de nos amours.

DIRCÉE.

Vains projets ! tendresse inutile !
Vois-tu de tous côtés ces farouches Soldats
Revenir sur leurs pas ?

TIMANTE.

Ciel ! ont-ils sur les miens obtenu l'avantage ?
Il n'importe. Ce fer va t'ouvrir un passage.

DIRCÉE.

Le Roi marche à leur tête, & s'avance vers nous.

SCENE VII.

TIMANTE, DIRCÉE, DÉMOPHON *l'épée à la main, & à la tête de ses Gardes. Les* Prêtres *reparoissent dans le fond du théâtre.*

TIMANTE.

Qui s'approchera d'elle
Expire sous mes coups.

DÉMOPHON.	CHŒUR des Gardes.
Arrête, enfant rebelle,	Cédez Prince rebelle,
Objet de mon courroux.	Évitez son courroux.

TIMANTE.

Et vous, mon père, aussi ?... Mon père ! où venez
vous ?

DIRCÉE, à part.	DÉMOPHON.	TIMANTE	CHŒUR.
O fortune cruelle, Etends sur moi tes coups!	Arrête enfant rebelle Objet de mon courroux	Qui s'approche d'elle Expire sous mes coups.	Cédez prince rebelle; Évitez son courr..ux.

DÉMOPHON.

Eh bien ! assouvis donc ta rage meurtriere.

A l'auteur de tes jours viens ravir la lumiere ;

Et si tu crains ce fer nuisible à ton dessein,

Qu'il ne t'empêche pas d'être mon assassin.

(Il jette son épée.

A I R.

Viens; ton ennemi sans défense
Ne doit pas t'échapper.
Qui peut retarder ta vengeance?
C'est là qu'il faut frapper.

TIMANTE.

O nouveau désespoir! ô spectacle effroyable,
Qui confond la raison & me glace d'horreur!
Par ces cruels accens vous me percez le cœur;
Et je tombe à vos pieds. Envers un fils coupable,
Demeurez sans pitié, soyez inéxorable.

DEMOPHON *aux Gardes.*

Où sont les fers?

TIMANTE.

Voici mes bras.
A vos ordres sacrés je ne résiste pas.
(Il se lève & va se faire enchaîner lui-même).

DIRCÉE, *à part.*

Ah! je n'avois que trop prédi ce coup funeste.

DÉMOPHON.

Gardes, pour appaiser la colère céleste,
Remettez la victime aux Ministres des Dieux,
Et que, sans différer, on l'immole à mes yeux.
(On conduit Dircée à l'autel).

DIRCÉE se plaçant à l'autel.

Enfin me voici donc à mon heure derniere.

LE GRAND PRÉTRE.

Dieu puissant, que la Thrace entiere
Encense avec horreur,
Vois quelle est la victime offerte à ta grandeur,
Et diriges le fer qui va frapper son cœur.

CHŒUR *de Prêtres & Prêtresses.*

Vois qu'elle est la victime offerte à ta grandeur,
Et diriges le fer qui va frapper son cœur.

(On lui remet une couronne de fleurs, & on la pare de guirlandes).

TIMANTE, *à part.*

Quoi! mon œil soutiendra ce sacrifice infâme ?
(Aux Prêtres).
Abandonnez ce glaive, éteignez cette flamme.
(Accourant dans les bras de Dircée).
Respectez le lien qui l'unit avec moi,
Et qui met une épouse à l'abri de la loi.

DÉMOPHON, LE CHŒUR.

Juste ciel !

DIRCÉE *à Timante.*

Falloit-il dévoiler ce mystere !

TIMANTE

TIMANTE.

Elle est mon épouse, elle est mere !

DEMOPHON.

Suspendez cette pompe & ces apprêts de mort.
Il faudra consulter la volonté du sort.

LE GRAND PRÊTRE.

Ce temple profané ne rendra plus d'oracles ;
Mais Diane, à ses loix, soumet tous les obstacles.

De ses rayons majestueux,

La clarté douce & pure

Va de son voile ténébreux

Dégager la nature.

Allons lui consacrer nos accords immortels,
Et brûler notre encens sur de nouveaux autels.

CHŒUR.

Allons lui consacrer nos accords immortels,
Et brûler notre encens sur de nouveaux autels.

(Les Prêtres se retirent).

DEMOPHON.

Ai-je dans cet espoir élevé ton enfance ?
Fils ingrat, de mes soins quelle est la récompense ?

DIRCÉE.

Votre haine sur lui ne doit pas éclater,
Seigneur ; & votre fils n'a pu la mériter.

E

D U O.

C'eſt moi qui, cherchant à lui plaire,
Ai cauſé ſa fatale erreur ;
C'eſt moi qui, de votre colere,
Dois ſubir toute la rigueur.

TIMANTE.

Non. C'eſt moi qui dans cet abîme
Ai conduit ſes pas innocens.

DIRCÉE.

N'imputez qu'à moi tout ſon crime,
Son amour & ſes feux naiſſans.

TIMANTE.

Sans mes ſoupirs & ſans mes larmes,
M'auroit-elle donné ſa foi ?

DIRCÉE.

Sans le triſte éclat de mes charmes,
Auroit-il ſoupiré pour moi ?

ENSEMBLE.

C'eſt moi qui, cherchant à lui plaire,
Ai cauſé ſa fatale erreur ;
C'eſt moi qui, de votre colere,
Dois ſubir toute la rigueur.

DEMOPHON, à part.

Quelle douce pitié se répand dans mon ame!
Va t-elle triompher du courroux qui m'enflamme?
Non : leur crime est trop grand ; ils ont trop mérité
D'être accablés du poids de ma sévérité.
    (*Aux Gardes*).
En de profonds cachots, tous deux qu'on les sépare.

TIMANTE, à part.

O châtiment terrible! ordre affreux & barbare!

DIRCÉE.

Pourquoi nous séparer dans ces tristes momens?

DEMOPHON.

Ah! vous serez unis, perfides, pour longtems.

AIR.

Enchaînés par un nœud coupable,
Ensemble vous allez périr.
    Oui, la mort impitoyable
    Ne doit pas vous désunir.

Vous fûtes d'accord pour le crime ;
Et vous en porterez tous deux le châtiment.
    Il faut une double victime
    A mon ressentiment.
        (*Il sort*).

                    E 2

SCENE VIII.

TIMANTE, DIRCÉE, GARDES.

TIMANTE.

AVONS-NOUS mérité ces peines rigoureuses ?
Est-ce le prix qu'on doit aux ames vertueuses ?

DIRCÉE.

Tu meurs pour ton épouse !

TIMANTE.

Et tu péris pour moi.
Que tes coups, Roi cruel, font bien dignes de toi !

DIRCÉE.

D'où vient que la douleur trouble ainsi ton visage ?
Montrons-nous au-dessus du fort,
Osons braver avec courage
Le tyran, les fers & la mort.

TIMANTE.

Ah ! de quels fentimens tu pénètres mon ame !
Que ta fierté me plaît ! que ta vertu m'enflamme !

ENSEMBLE.

C'est trop foupirer, trop gémir.

Allons dans les tourmens expirer sans pâlir.

(*Ils se séparent avec intrépidité ; mais étant prêts à sortir, ils s'arrêtent, & se regardent encore.*)

DIRCÉE.

Adieu, Timante.

TIMANTE.

Adieu, déplorable Princesse.

ENSEMBLE, *à part.*

O ciel ! à tant de maux qui pourroit résister ?

TIMANTE, *à Dircée.*

Quoi ! tu répands des pleurs ?

DIRCEE.

Quoi, tu gémis sans cesse ?
Allons, il nous faut surmonter
Cette indigne foiblesse.

TIMANTE.

Non, Non. Reviens encor, & daignes m'écouter.

DUO.

Avant de voir le terrible rivage
Où tu vas descendre avec moi,
Viens me donner ta main pour dernier gage
De ton amour & de ta foi.

DIRCÉE, *lui donnant la main.*

Ah ! ce fût le signal de mon bonheur suprême !
Ah ! ce fût le signal de nos contentemens !

Mais je sens que dans ces momens
Il n'en est pas de même.

ENSEMBLE.

Adieu donc, adieu pour toujours,
Objet infortuné de mes tendres amours.

DIRCÉE.

Les mains de la Parque blême
Ne fileront plus nos jours.

ENSEMBLE.

Adieu donc, &c.

LE CHŒUR.

Quel adieu barbare !

Quel destin cruel !

TIMANTE & DIRCÉE.

La mort nous sépare ;

Quittons cet autel.

TIMANTE, DIRCÉE, le Chœur.

Quel adieu barbare!

Quel destin cruel!

Quel sera du crime

Le sort effrayant,

Si le ciel opprime

Ainsi l'innocent!

Fin du second Acte.

ACTE TROISIEME.

Le Théâtre repréfente des Jardins, & dans le lointain les tours du palais de Démophon.

SCENE PREMIERE.
NARBAL, feul.

QUELS cris ont retenti jufques fur le rivage?
De la faveur du ciel eft-ce un heureux préfage?
Au temple de Diane on voit de tous côtés
Les peuples accourir à pas précipités.
J'ignore leurs deffeins; & je vais à Timante
Préfenter le tableau du plus charmant bonheur;
En lui faifant connoître, ô merveille étonnante!
    Que Dircée eft fa fœur.
Dieux! & que dira-t-il, en voyant que pour elle
La nature en fon cœur avoit mis tant de zèle?

Que dira Démophon qui toujours plus ardent
A perſécuter ma famille,
Etoit dans ſon égarement
Le bourreau de ſa fille?

AIR.

Quoi, ton cœur ne répugnoit pas
A cet horrible ſacrifice,
Roi barbare dont l'injuſtice
Ne reſpiroit que ſon trépas?
Victime de tes violences,
Apprends du moins par tes forfaits
A ne précipiter jamais
L'effet de tes vengeances.

(Il ſort).

SCENE II.

CHŒUR de Jeunes Filles & de jeunes Garçon

UNE FILLE du Chœur, ſeule.

Venez, jeunes amans, ſous ces berceaux de fleu
Et d'un calme profond goûtons-y les douceurs.
O doux tréſor des cieux! ô ſuprêmes délices!
Diane fait ceſſer les cruels ſacrifices.

LE *CHŒUR*.

O doux tréfor, &c.

UN *HOMME* feul.

Ce n'eft plus au Dieu Mars que s'adreffent nos vœux.
Qu'il refte abandonné dans fon temple effroyable,
  Une Déeffe plus aimable
   Rend tout fon peuple heureux.

CHŒUR.

O doux tréfor , &c.

UNE *FILLE* du Chœur , feule.

Par quels joyeux tranfports, par quels raviffemens,
Par quels jeux célébrer des bienfaits fi charmans ?

LE *CHŒUR* danfant.

  Viens toi-même fous ces ombrages,
  O Déeffe, dicter ta loi ;
  Et les roffignols des bocages
  Ne chanteront plus que pour toi.

    (*On danfe*).

       F

SCENE III.

TIMANTE, ADRASTE, Gardes, LE CHŒUR *précédent.*

ADRASTE, à Timante.

Avancez dans ces lieux. L'oracle de Diane
Abolit parmi nous un usage profane,
Et du bonheur public votre pere enchanté
Vous rend & sa tendresse, & votre liberté.

TIMANTE.

Mais qu'a-t-on résolu? Que deviendra Dircée?

ADRASTE.

Sa prison s'est ouverte, & sa chaîne est brisée.

TIMANTE.

Après tant de malheurs, quels jours purs & sereins!
Les tems acheveront de fixer nos destins.

ADRASTE.

Oui; le ciel nous promet encor d'autres miracles,
Et Diane, s'il faut en croire ses oracles,
Descendant jusqu'à nous, dans un char glorieux,
Viendra manifester son triomphe à nos yeux.

CHŒUR.

Viens toi-même sous ces ombrages,
O Déesse! dicter ta loi;
Et les rossignols des bocages
Ne chanteront plus que pour toi.

SCENE IV.

NARBAL, LES ACTEURS PRÉCÉDENS.

NARBAL, à Timante.

Un secret important que vous allez apprendre
Auprès de vous, seigneur, m'oblige de me rendre.
Ordonnez qu'on s'éloigne. O mortel généreux,
Que le ciel favorise au-delà de ses vœux!
(*Adraste se retire avec le Peuple & les Gardes.*)

TIMANTE.

Nous voilà seuls. Hé bien? quel est donc ce mystere?

NARBAL.

Dircée est votre sœur. Je ne suis point son pere.

TIMANTE.

Elle est ma sœur? ô ciel! qu'osez-vous avancer?
Quel bruit l'a fait croire, & comment le penser?

F 2

NARBAL.

Votre mere, en mourant, me remit cette lettre,
En me faisant jurer de ne jamais l'ouvrir,
A moins que le Destin, qui peut tout se permettre,
N'exposât Dircée à périr.

TIMANTE, *prenant la lettre.*

Dans cet écrit fatal que vais-je découvrir !
(Il lit.)

Dircée ignore sa naissance.
Envain Narbal éleva son enfance.
Narbal n'est point son pere. Elle a reçu le jour
Des feux de Démophon, & de mon chaste amour.

NARBAL, *à part.*

Il pâlit, il frissonne. A quoi va se résoudre ?...

TIMANTE.

Et le ciel ne m'a pas écrasé de sa foudre !

NARBAL.

Quel transport vous agite, & quel subit effroi ?...

TIMANTE.

Crains de m'interroger, barbare ; & laisse moi.
(*Il court s'asseoir dans l'enfoncement du théâtre, où*
il demeure immobile.)

NARBAL.

A I R.

Hélas! quand son bonheur commence,
Qui peut le tourmenter ainsi?
Je desire & tremble d'avance
De voir ce myftere éclairci.

Tous mes foins tendoient à lui plaire,
Et j'ai caufé son défespoir.
J'emporte la douleur amere
De l'affliger fans le vouloir.

SCENE V.

TIMANTE fe levant.

Ou fuis-je? quoi! mon œil voit encor la lumiere?
Allons cacher ma honte au bout de l'univers,
Et de mon fouffle impur empoifonner les airs.
Monftre abhorré des Dieux & de la terre entiere,
C'eft dans les antres fourds qu'il faut me retirer,
Ou plutôt c'eft ici que je dois demeurer.
　　Rendons témoins de mon fupplice
　　　Les tours de ce palais,
Ces pins majeftueux, & leur ombre complice

Du plus noir des forfaits.
Où me précipiter ? dans quels profonds abîmes
Aller chercher la mort & l'oubli de mes crimes ?
De mon sang odieux où répandre les flots ?
Peuples, contre mon sein lancez vos javelots ;
Et vous, filles d'enfer, cruelles Euménides,
Venez m'entrelasser de vos serpens livides ;
Entraînez dans l'affreux séjour
Habité par Mégere,
Et le pere, & l'enfant, & la fatale mere
Qui lui donna le jour.

A I R.

Ciel, sous quel aspect formidable
Mon sort se dévoile à mes yeux !
Est-il un mortel plus coupable,
Et cependant plus vertueux !

Il me semble entendre la terre
S'écrouler sous mes pas ;
Et le bruit du tonnerre
Annoncer mon trépas.

SCENE VI.

TIMANTE , DEMOPHON , DIRCÉE ,
ADRASTE , conduisant Olinte par la main.
Suite de Démophon.

DEMOPHON, *à Timante.*

Mon fils, viens embrasser ton monarque & ton
                    père.

TIMANTE.

Que vois-je ? Faut-il donc que tout me désespere !

DIRCÉE.

Cher époux !

TIMANTE.

        Ne viens pas redoubler ma terreur.

DIRCÉE.

Qui t'alarme si fort dans ce jour agréable ?
        Ignores tu notre bonheur ?

TIMANTE.

Ah ! puissé-je ignorer le destin qui m'accable !

ADRASTE, *lui présentant Olinte.*

Seigneur...

DEMOPHON,

TIMANTE.
Eloignez-vous à jamais de mes yeux.

DÉMOPHON.
Où vas-tu ? que fuis-tu dans ce désordre extrême ?

TIMANTE.
Je fuis les mortels & les Dieux,
Et vous tous, & moi-même.

DIRCÉE.
Mais quel crime ton cœur peut-il se repro-
cher ?

TIMANTE.
Où rencontrer la foudre ? où fuir ? où me cacher ?

DIRCÉE.
Si tu n'as plus pour moi que de l'indifférence ;
Laisse au moins par ton fils désarmer ta rigueur.
Il fut l'idole de ton cœur,
Et ton espoir, dès sa naissance.
Regarde. Le voilà.

TIMANTE.
Qu'il s'éloigne d'ici.

DIRCEE.

DIRCÉE.

C'est ton sang!

TIMANTE.

Plût au ciel qu'il n'en fut pas ainsi!

(Il le repousse avec horreur, & le regarde ensuite
avec tendresse.)

AIR.

Cher enfant, tes malheurs ne t'épouvantent guere,
Trop jeune pour sentir ton sort infortuné.
Ah! laissez-lui toujours ignorer sa misere.
Ne lui dites point de quel pere
Le malheureux est né.

O du ciel en courroux aveugles injustices!
Comme tout a changé de face en un moment!
Vous fûtes mes délices,
Vous êtes mon tourment.

DIRCÉE.

Ah! du moins par pitié romps ce fatal silence.

DEMOPHON.

Faut-il, pour t'y contraindre, user de violence?

TIMANTE.

Que me demandez-vous? Hé bien, Seigneur, hé bien,

G

Lifez dans cet écrit votre opprobre & le mien.

(*Il remet le billet à Démophon qui lit tout bas.*

DIRCÉE, *à Démophon.*

Que peut-il renfermer pour nous de fi funefte ?

DEMOPHON.

Il renferme ta honte, & le plus noir incefte.
Voilà ton frere.

DIRCÉE.

Ciel !

DEMOPHON.

Tu nacquis de mon fang
La Reine a dévoilé ce myftère effrayant.

DIRCÉE.

A ce récit affreux, que répon lre ? que dire ?
Tant de trouble & d'effroi s'emparent de mes fens,
Que je ne fais fi je refpire
Dans ces cruels inftans.

SCENE VII.

NARBAL, *les Acteurs précédens.*

QUATUOR.

NARBAL.

O crime! ô race infortunée!
Qui peut égaler ta douleur?

TIMANTE, DIRCÉE, DEMOPHON, NARBAL.

O crime! ô race infortunée,
Par le courroux du ciel à jamais condamnée
A pleurer ton malheur.
O crime! ô race infortunée,
Qui peut égaler ta douleur!

TIMANTE.	*DIRCÉE.*
Ah ! de quel enfant fuis-je père,	Ah ! de quel enfant fuis-je mère,
Et quel fupplice pour mon cœur!	Et quel fupplice pour mon cœur!

DEMOPHON.

Ici la fœur, le père, & l'époufe & le frère,
Tout fe regarde avec horreur.

G 2

ENSEMBLE.

Ici la sœur, le père, & l'épouse, & le frère,
Tout se regarde avec horreur.

CHŒUR.

De ta clarté pure & féconde,
O soleil, éteins tous les traits.
C'est dans la nuit la plus profonde
Que tu dois cacher ces forfaits.

DIRCÉE.

O crime ! ô race infortunée,
Qui peut égaler ta douleur !

ENSEMBLE, *avec le chœur.*

O crime ! ô race infortunée,
Par le courroux du ciel à jamais condamnée
A pleurer ton malheur.
O crime ! ô race infortunée,
Qui peut égaler ta douleur.

SCENE DERNIERE.

DIANE, dans son char. Les Acteurs précédens.

DEMOPHON.

Mais quel char éclatant sort du sein des nuages?
O Diane! où viens-tu recevoir nos hommages ?

CHŒUR.

Dissipe notre trouble & calme notre effroi,
Toute la Thrace en pleurs n'espère plus qu'en toi.

DIANE, dans son char.

Il est tems de tarir la source de vos larmes,
Et de vous préparer des jours exempts d'alarmes.
Dircée a reconnu ses augustes ayeux,
Mais Timante à Narbal doit la clarté des cieux.
Victimes d'une erreur qui vous paroît un crime,
Ils furent tous les deux changés dans le berceau,
 Et l'hymen le plus légitime
  Alluma pour eux son flambeau.
Peuples, chantez leur gloire, annoncez ma puis-
   sance,
Et d'un bonheur sans fin conservez l'espérance.
  (*Elle remonte dans les cieux*).

TIMANTE, DIRCÉE, DEMOPHON,
NARBAL.

O Déesse adorable! ô moment plein d'appas!

TIMANTE, DIRCÉE.	O mon père, est-ce vous	
DEMOPHON.	O ma fille, est-ce toi	que je presse en mes bras?
NARBAL.	O mon fils; est-ce toi	

CHŒUR.

Le plaisir qui suit la tristesse
A toujours des traits plus charmans,
Et nous goûtons mieux l'allégresse
Qui vient après de longs tourmens.

Mais où trouver le bien suprême,
Quel sera le parfait bonheur,
Si le plaisir, pour être extrême,
Doit commencer par la douleur?

Le plaisir, &c.

Divertissement général.

FIN.

9 782329 252315